개인 창작 한시 제2집

裸木의 悲歌

元嚴 李 明 俊

도서출판 지식나무

序 言

漢文하면 現 靑少年들은 中國의 文字로만 認識하고 있어 모르는 것을 正當化하는 경향이 있다.

그래서 難解한 것을 배울 필요성마저 느끼지 않는다.

그러나 漢文은 과거 半萬年 우리 歷史에서 言語, 文學, 思想 등에 끼친 影響力을 생각하면 그냥 無視하고 넘어갈 문제는 아닌 듯하다.

또한, 現在의 삶을 되돌아보면, 우리의 일상 言語生活의 바탕도 거의 漢文에 淵源을 둔 것이라고 볼 때 漢文의 役割을 過小評價할 수는 없을 것이다.

그러므로 漢文은 古典으로서 意義가 있고 國語로서 學習될 가치가 충분히 있다고 볼 수 있는 것이다.

過去 우리 先祖들은 역사적으로 凝集된 삶의 叡智들을 智惠의 産物로 認知하고 그것을 익혔다. 그러므로 科擧試驗의 필수요소가 되었음은 물론 日常事에서 惹起 된 어려운 選擇과 복잡한 判斷의 과정을 合理的이면서도 有益한 方法으로 解決하는 데 큰 도움이 되었을 것이다.

現在의 우리도 變化하는 時代를 先導하기 위해서는 선조들이 이룩한 思惟의 산물인 遺作을 익혀 溫故而知新 입장에서 切磋琢磨해야 할 필요성이 있는 것이다.

筆者는 이런 방대한 遺産 중에서 개인적인 사상이 가장 赤裸裸하게 表現된 漢詩에 穿鑿하게 되었다.

사람마다 詩的 心象은 境界가 없다.
詩語에는 그 言語의 特性에 의해 左右된다고 본다.
詩는 각 國家語의 精華이다.
그 언어의 音調와 情感이 바탕이 되는
歷史와 文化를 體得하기 전에 作詩는 불가능한 것이다.

이러한 생각에서 옛 先人들의 智慧 그 자체인 漢詩를 읊고 깊이 解釋하고 飜譯하는 것도 의미 있는 작업이라고 생각한다.
우리는 先人들이 기록한 尨大한 文化遺産이 放置되지 않게 새롭게 발전시키는 것도 後孫으로서의 작은 의무라 생각되어 撰詩하게 되었다.
그리하여 현재 漢詩가 점점 사라져 가는 것이 안타까워 생활 주변에서 느낀 바를 加減 없이 자신의 넋두리로 표현해 대만에서 1차 漢詩集 "思惟的深遠"에 이어 제2차 "언덕 너머 저편엔"을 出版하였고 이어서 세 번째 漢詩集 "裸木의 悲歌"를 내게 되었다.

끝으로 傳統的인 漢詩를 撰하는 것도 중요하겠으나 현재의 시대적 흐름과 상황을 고려하여 일부 中國語의 聲韻도 考慮하였다.

2025. 1.

撰者 元 巖   識

☆ 일러두기

※ 다음 사항을 준수하여 作詩하였습니다.

1. 換韻 不許

2. 字字 平仄法 遵守

3. 5言絶句詩는 2,4 不同 嚴守

4. 7言絶句詩는 2,6 通 原則

5. 5言絶句詩는 下3連 避함

6. 押韻字는 平聲字로 함

7. 5言詩는 (起) 承, 結 押韻

8. 7言詩는 起,承,結 押韻

9. 7言詩는 平3連, 仄3連 不可

10, 蜂腰,拗體,鶴膝 不可

★ 撰者의 辯

漢詩를 撰하면서 字字 聲韻 基準을
漢韓事典과 中韓事典(高麗大 發刊)
辭彙(中華民國 刊)을 基準으로 삼았다.
現 中國語 聲韻과 相異하여 平仄에
或如 差異가 있을 수 있음을 諒知해
주시기 바랍니다.

目 次

Ⅲ. 5言律詩

(1) 幽閑(유한)

(2) 遐鄕(하향)

(3) 友情(우정)

Ⅰ.5言絶句詩

1. 虛懷 (허회) 95

松風漸解衣 (송풍점해의)　　解衣: 옷을 벗다

坐看霧飛時 (좌간운비시)

晚向天施雪 (만향천시설)

無將一起醍 (무장일기제)

솔바람 스며들어 옷깃을 풀고
앉아서 이는 안개 바라보니
눈이라도 내릴 것 같은 이 저녁
이 술로 담뿍 취해 보세

2. 梧桐 (오동) 100

海霧捲輪丹 (해무권륜단)

飛鷗入浪灘 (비구입랑탄)

枝條將萎落 (지조장위락)　　萎落:시들어 떨어지다

柳葉半凋殘 (류엽반조잔)　　凋: 시들다

바다에 안개 걷히니 붉은 해 뚜렷하고
갈매기는 물결 위로 날아드는구나.
마른 나뭇가지 잎이 지려 하는데
버들은 벌써 반이나 시들어 떨어졌구나

3. 回顧 (회고) 97

泣蟀不知休 (읍솔불지휴) **蟀蟀**: 귀뚜라미

何年暫此遊 (하년잠차유)

孤生閒倦在 (고생한권재) **閒倦**: 한가하게

痛恨若知窺 (통한고지규)

귀뚜라미 울음소리는 그치지 않는데
여기서 놀던 때 언제런가?
홀로 한가하게 살다 보니
애끓은 고통 누가 있어 알아주리.

4. 鄉友 (향우) 98

數指少親民 (수지소친민)　　**數指:** 손꼽아 세다

童歸狗吠人 (동귀구폐인)　　**狗吠:** 개가 짖다

將君何爲者 (장군하위자)

世事又搖身 (세사우요신)

손꼽아 세어 보니 친우도 거의 없는데
지나가는 아이 보고 개가 짖어 대는구나.
묻노니 그대는 누구 이런가?
세상일 또다시 마음 흔드네.

5. 自省 (자성) 99

高臺起月飛 (고대기월비)

舊臉面如施 (구검면여시)　　**舊臉面**: 옛 친구얼굴

歲向斜飛閃 (세향사비섬)

孤思裂縫乖 (고사렬봉괴)

높은 누대엔 달이 뜨고
옛 친우 얼굴 모습은 처음과 같은데
세월은 번개처럼 스쳐 날아가니
고독한 생각은 헝클어져 어긋나네

6. 憶想 (억상) 93

鳥泣滿霜天 (조읍만상천)

常逢憶過年 (상봉억과년)　　常逢: 만나다

悲哀經紀錄 (비애경기록)

痛苦碧波延 (통고벽파연)　　碧波: 푸른 물결

하늘엔 서리 내리고 새가 우니
과거 만나던 사람 기억나누나
비애가 늘상 상기되니
고통이 푸른 물결 되어 이어지네

7. 別娘 (별낭) 94

悽悽滿別情 (처처만별정) 別情: 이별의 정

歲幾度彎成 (세기도만성) 幾度: 몇 번째

愛處平安在 (애처평안재)

秋風白髮征 (추풍백발정)

서글프게 돋아나는 이별의 정
세월도 수없이 바뀌었는데
그는 어느 평안한 곳에 잘 있는지?
가을바람에 흰 머리털만 늘어나는구나.

8. 愛戀 (애련) 96

霑予送到衣 (점여송도의) 霑衣: 옷을 적시다

野草綠年廻 (야초록년회)

位不能歸複 (위불능귀복)

年多信報稀 (년다신보희) 信報: 소식

보낼 때 흐르는 눈물로 옷 적셨고
뜰의 초록은 매년 푸르러지는데
그분은 가고 돌아오지 않고
세월 지나 소식조차 희미하구나.

9. 煩惱 (번뇌) 92

秋愁夜氣垂 (추수야기수)

令我痛思邱 (령아통사구)

寂靜悲前事 (적정비전사)

誰能避世累 (수능피세루)　世累: 세상 위태로움

가을이 되니 밤에 수심이 드리워지고
나의 서글픔이 언덕을 뒤덮는구려
고요히 지난 일 생각하면 서글픈데
누가 세상 괴로움을 벗게 하랴?

10. 登頂 (등정) 101

登溪谷路馳 (등계곡로치)
曲曲澗超移 (곡곡간초이)
正午登山頂 (정오등산정)
雲霞耀陸離 (운하요륙리)

이리저리 계곡길 오르고 올라
굽이굽이 산골 물 건너고 건너
정오쯤 정상에 오르니
눈부신 구름 안개 산을 떠나네.

Ⅱ．7言絶句詩

11. 暮秋(모추) 83

日暈秋風落日斜 (일훈추풍락일사)　　日暈: 햇무리

江聲薄暮走洲沙 (강성박모주주사)

明星自往歸途去 (명성자왕귀도거)

但幾人倚柱壁思 (단기인의주벽사)　　柱壁: 기둥벽

가을바람과 햇무리가 사라진 저녁에
강물 소리 모래 위를 달리는구나.
밝은 별도 찾아와 비추고 돌아가는데
기둥 벽에 기대어 생각할 사람 몇이뇨?

12. 孝思亭 (효사정) 84

臨登孝想閣江洲 (임등효상각강주)　　孝思亭: 동작구 한강변 정자

那遠雲江景象悠 (나원운강경상유)

物換星移更幾度 (물환성이경기도)　　星移: 세월

樓邊漢水滾波流 (루변한수곤파류)

강가 누대에 올라 효를 생각하는데
저 멀리 강의 구름은 유유히 떠가네
세월에 물상은 수없이 바뀌었는데
누대 밖의 한강은 굽이쳐 흐르네.

13. 散步 (산보) 86

冷露輕霏亮爽馳 (랭로경비량상치)   輕霏: 가랑비
蒼空月暈曲江迷 (창공월훈곡강미)
當時快樂靑春歲 (당시쾌락청춘세)   靑春歲: 청춘시절
白髮滿頭到未歸 (백발만두도미귀)

찬 이슬비 내려 마음은 상쾌해지는데
창공의 달무리에 강이 희미해지는구나.
당시 여기서 놀던 또래의 청춘들!
백발 되어도 돌아올 줄 모르네.

14. 哀傷 (애상) 91

微風作爲雨霏霏 (미풍작위우비비)　霏霏: 가랑비
樹葉斜陽落墮馳 (수엽사양락타치)
玉貌依稀然看惑 (옥모의희연간혹)　看惑: 본 듯
當今世事不於悲 (당금세사불어비)

미풍 불어 보슬비 내리니
저녁에 낙엽이 우수수 흩어지누나
아름답던 임의 모습 어렴풋이 떠오르니
이즈음 인간사 슬픔 이길 수 없네.

15. 追悔 (추회) 82

白首蕪絲苦亂垂 (백수무사고란수)
追査可憶舞歌愁 (추사가억무가수)　　追査: 살펴보다
今天涕淚歸觀苦 (금천체루귀관고)
樹鳥啼圍我慰勞 (수조제위아위로)　　慰勞: 위로

고생으로 흰 머리카락 헝클어져 늘어지고
옛날 즐겁게 놀던 회상도 서글퍼지네.
지금 고통을 되돌아보니 슬퍼 눈물지는데
숲속 새들은 내 주변에서 위로하듯 울어대네.

16. 悔恨 (회한) 87

舊訴全隆錄葉延 (구소전륭록엽연)　　舊訴: 옛날에 말했지

余前健壯美靑年 (여전건장미청년)

將翁白髮眞頗怕 (장옹백발진파파)　　頗怕: 두려워지다

獨上江樓舊渺然 (독상강루구묘연)

옛날 젊음이 건강하게 계속될 것이라 했지.
나도 전엔 건강미 넘치는 청춘이었소.
이 몸 늙어가면서 백발이 진정 두려워져
홀로 강 누대에 올라 옛 생각하니 묘연하구나.

17. 恨髮 (한발) 88

千林急變向霜煐 (천림급변향상영)

不憧催生白髮莖 (부동최생백발경) **不憧: 알지 못하다**

舞場佳人與白貌 (무장가인여백모) **白貌: 얼굴의 흰 모습**

遙山意外夕陽明 (요산의외석양명)

숲마다 서리 맞아 곧 단풍으로 빛나고
백발이 인생을 재촉하는 것을 모르는구나.
무대 위의 미인도 곧 흰 모습이 되니
먼 산의 석양은 의외로 더욱 밝아지네.

18. 歸鄕 (귀향) 89

水嶺無非舊眼靑 (수령무비구안청)　無非: 없지 않다

多來物色慰余情 (다래물색위여정)

生涯棄却功名累 (생애기각공명누)　棄却: 버리다

但是絃歌慰我情 (단시현가위아정)　慰我: 마음을 위로하다

물도 고개도 옛 푸르른 모습 그대로인데
모든 정겨운 물색이 나를 위로하누나.
일생에 헛된 부귀공명 누가 돼 다 버리고
단지, 노래 부르면서 이 맘 달래오.

19. 歸天 (귀천) 90

親朋友有幾人維 (친붕우유기인유)

蔭悵街間老只留 (음창가간노지류)　　街間: 항간

廣野殘金星召魄 (광야잔금성소백)

君歸細報予須諛 (군귀세보여수유)　　須諛: 잠깐

친하게 사귄 친우 몇 남아있는지?

쓸쓸한 이 세상 늙은 나만 남아있네.

저 쇠잔한 금성이 내 혼백을 부를 때까지

그대 먼저 돌아와 나에게 잠깐 전해주오.

20. 憂愁 (우수) 85

胡風大野不吹休 (호풍대야불취휴)　　胡風: 한풍

葉葉凉聲摠是愁 (엽엽량성총시수)　　摠是: 모두

轉向東南躬遺苦 (전향동남궁유고)

洲烟日暮使人愁 (주연일모사인수)　　使人愁: 수심이 느껴지다

넓은 들엔 차가운 바람 끊이지 않고
낙엽 지는 소리 수심을 자아내도다.
옮겨 살아 몸에는 고통만 남아있어,
강가 저녁에 안개를 보니 수심이 느껴지네.

Ⅲ. 5言律詩

21. 山景(산경) 69

山嵐複起崖 (산람복기애)　　山嵐: 산아지랑이

日色冷松臺 (일색랭송대)

頂灑松風起 (정쇄송풍기)

餘香乍入裁 (여향사입재)　　乍入: 잠시

山中無外事 (산중무외사)

遠雁相驚咳 (원안상경해)

獨自爬山臭 (독자파산취)　　爬山: 산에 오르다

星光照綠苔 (성광조록태)　　綠苔: 푸른 이끼

산 아지랑이 벼랑 타고 피어나고
솔은 높고 푸른데 햇볕은 차구나.
솔바람 불어 머리가 상쾌하고
그윽한 향기 금새 옷에 스미네.
산중은 일 없어 한가한데
멀리 기러기 울음소리 시끄럽구나.
홀로 산에 오르며 내음 맡는데
별빛은 푸른 이끼를 비추어 주네.

22. 秋想 (추상) 70

淺冷氣昇輕 (천랭기승경)

燈邊蟋蟀鳴 (등변실솔명)　蟋蟀鳴: 귀뚜라미 울음

愁環圍懶客 (수환위뢰객)

倚杖撫新傾 (의장무신경)

萬葉聞梧落 (만엽문오락)

松床穩醉暝 (송상온취명)

重思秋意量 (중사추의량)　重思: 거듭 생각하다.

嶺上日方屛 (령상일방병)　日方屛: 해가 가려지다

저녁 서늘한 기운에 몸은 가볍게 느끼지고
등불 주변에 귀뚜라미 울어 대네
시름에 둘러 쌓인 느긋한 나그네
지팡이 의지하여 새롭게 느껴 보네.
우수수 오동잎 떨어지는 소리 듣다,
취한 채로 침상에서 멍하니 졸았네.
거듭 생각하니 가을엔 생각 많아지는데
고개 위의 해는 막 사라지려고 하네

23. 馬等嶺 (마등령) 72

雪嶽不施艱 (설악불시간)

爬些好友山 (파사호우산)

山涼秋已盡 (산량추이진)　　秋已盡: 가을의 끝자락

木葉覆層間 (목엽복층간)

早曙長河沒 (조서장하몰)　　長河: 은하수

臨拿馬等端 (임나마등단)　　馬等: 설악산의 마등령

天傾斜墮石 (천경사타석)

認識此娛灘 (인식차오탄)　　娛灘: 홍겨움

어렵게 설악산에 등정하게 되어
친우 몇 명과 함께 산에 올랐다.
가을의 끝자락이라 날은 차고
지는 단풍이 오솔길을 층층이 덮었다.
새벽 은하수 사라져 갈 때
마등령 정상에 도착했다.
비탈져 돌이 떨어지는 곳에서
누가 이 묘한 흥취를 알랴?

24. 昌慶卽事 (창경즉사) 80

春風振又芚 (춘풍진우둔)
秀柳不乘春 (수류불승춘)　　不乘春: 봄기운을 이기지 못해
闕外秋鳩鳥 (궐외추구조)
宮花寂寞芬 (궁화적막분)
空中茫霧浪 (공중망무랑)
歲月緊張奔 (세월긴장분)
殿閣波丹彩 (전각파단채)　　波丹彩: 붉은 놀 물결치다
微牽此體醇 (미견차체순)

봄바람 불어 새싹이 돋아나고
버들은 봄을 이기지 못해 빼어났구나.
대궐 밖에는 비둘기 구슬피 울고
궁궐의 꽃은 고요히 향기 내뿜네.
빈 하늘의 안개 멀리까지 물결치니
덧없는 세월 빨리 가는 것 같구나.
궁궐 전각에 붉은 놀이 물결치니
이내 몸이 슬며시 술을 당기네

25. 晨春 (신춘) 7

細雨夜來多 (세우야래다)　　細雨: 가랑비

無知野草華 (무지야초화)

微光松間照 (미광송간조)

大霧看沖遐 (대무간충하)　　沖遐: 멀리서 솟다

早日靑苔照 (조일청태조)

梨能幾度花 (이능기도화)

人生留不短 (인생류불단)

孰敢渡泥陀 (숙감도니타)　　泥陀: 사바세계

가랑비가 밤에 많이 내리더니
뜰에는 야생초가 꽃 피운 것을 몰랐네.
솔 나무 사이로 희미한 빛이 들고
멀리서 짙은 안개가 솟고 있네.
새벽에 햇빛이 청태를 비추어 주니
몇 번 더 배꽃 피는 것을 보려는지?
인생길 아직 적지 않게 남았는데
누가 감히 사바세계를 건널 수 있으리오.

26. 仙遊亭 (선유정) 13

水似鏡明瑩 (수사경명영)

東風斂雨晴 (동풍렴우청)　　風斂: 바람이 몰아

登仙遊遠望 (등선유원망)　　登仙遊: 선유정에 오르다.

島阜盡森城 (도부진삼성)

晚向恒憎恨 (만향항증한)

煙波苦惱聲 (연파고뇌성)

年年春又去 (년년춘우거)

落望刻人情 (락망각인정)　　刻人情: 인정을 끈다

물빛은 거울같이 맑고 영롱하게 빛나고
춘풍이 비를 몰아 쾌청하게 개였구나.
선유 정자에 올라 멀리 바라보니
섬의 구릉엔 수목이 무성하네.
늙어가는 것이 항상 가증스러워서
안개 물결 속에 고뇌의 소리를 낸다.
매년 봄은 항상 또 오고 가면서
인간의 정을 낙망으로 새기는구나.

27. 登雪嶽 (등설악) 17

雪嶽路征遐 (설악로정하)　雪嶽: 설악산

雲深不導拿 (운심불도나)

山光淸鳥叫 (산광청조규)

妙丘盡森多 (묘구진삼다)

樹木幽香遠 (수목유향원)

溪陰索探思 (계음색탐사)

陽光昏對話 (양광혼대화)

獨自下輝遮 (독자하휘차)　輝遮: 빛이 사라지다

설악의 등산로 끊임없이 이어지거니
구름 깊어 갈 곳도 잘 모르겠도다
화창한 산속에 산새는 울어대고
오묘한 구릉엔 숲이 지천이로구나.
숲의 그윽한 향기는 멀리 퍼지고
계곡에 그늘지니 생각도 깊어 지네.
이야기하다 보니 해가 저물어져
빛이 사라질 때 홀로 산을 내려왔다.

28. 遠覽 (원람) 62

址到水窮疆 (지도수궁강) 窮疆: 다다른 지점

隣峰入樹忙 (린봉입수망)

深林人不認 (심림인불인)

寂寞谷溪當 (적막곡계당)

綠葉千山滿 (록엽천산만)

華花浸面香 (화화침면향)

何時懷舊地 (하시회구지) 舊地: 고향

兩淚下孤郞 (양루하고랑) 孤郞: 외로운 사내

개울물 끝나는 지점에 도착해서
인근 숲속 산봉우리 향해 곧장 들어갔다.
아무도 모르는 깊은 산 속
계곡의 고요한 곳으로 향한다.
온 산속엔 실록이 한창이어서
화려한 꽃향기 얼굴을 스민다.
언제 또다시 고향에 가게 될지?
외로움의 사나이 양 눈에 눈물지네.

29. 離鄉 (이향) 71

鄉途萬里長 (향도만리장)　鄉途: 고향길

昨夜奧於慷 (작야오어강)

望戶前靑嶺 (망호전청령)

悠然太古蒼 (유연태고창)

秋籬涼氣滿 (추리량기만)　秋籬: 가을 집 안

少亨樂如嘗 (소형락여상)

獨坐悲灰髮 (독좌비회발)

長歌下急忙 (장가하급망)　長歌: 노랫가락

고향 만 리 길은 멀고 멀어
어젯밤보다 슬픔이 더 깊어지네.
방문 앞을 바라보니 푸른 언덕이 솟아 있고
태고의 푸르른 모습 그대로일세.
가을 집안에 청량감 가득하니
소년 행락의 경험이 생각이 나네
홀로 앉아 회색 머리카락 보니 슬퍼져
노랫가락 부르며 급히 돌아가고프네

30. 故園 (고원) 5

白鵲越嵯峨 (백작월차아)　　嵯峨: 높은 산

繁靑草蓋坡 (번청초개파)

初春風已滿 (초춘풍이만)

巷說杏開花 (항설행개화)　　巷說: 마을서 떠도는 말

無限斜陽好 (무한사양호)

黃昏漸近霞 (황혼점근하)

春思多忘我 (춘사다망아)

敢不故鄕拏 (감불고향나)

흰 까치 높은 봉우리 넘어가고
널부러진 푸른 풀은 언덕을 뒤덮는구나.
초봄이라 아직 바람이 휘몰아치는데
마을에는 살구꽃이 이미 피었다고 말하네.
석양이 무한히 고운 것은
황혼이 점점 놀에 가까워진다는 것이다.
봄에 시름이 많아져 나를 잊게 하니
어찌 고향 생각을 아니 할 수 있으리오?

31. 淸明節 (청명절) 11

漢水快恒馳 (한수쾌항치)　　漢水: 한강물

溪雲不盡飛 (계운불진비)

山川車路繞 (산천거로요)　　路繞: 구불구불 이어진 길

不向古園歸 (불향고원귀)

薄暮東皐望 (박모동고망)

芳春坐想離 (방춘좌상리)

淸明春雨夜 (청명춘우야)　　淸明: 청명절

念卦故鄕媤 (념괘고향시)　　故鄕媤: 고향집

한강 물결 항상 빠르게 흘러가고
계곡 구름은 끊임없이 비상하누나
찻길은 산천을 돌아 뻗어졌건만
고향에 못 간지도 오래 되었구나.
저녁에 동쪽 언덕을 바라보며
앉아 생각하니 봄도 기울고 있구나.
청명절 봄비 내리는 밤에
고향 집 생각에 사로 잠기네

32. 相逢 (상봉) 68

靑雲近谷悄 (청운근곡초)
鳥雀野邊呱 (조작야변고)
晚步吟凉快 (만보음량쾌)
斜陽看友乎 (사양간우호)
能呼單酒索 (능호단주색)
確認此施娛 (확인차시오)
此暮難分散 (차모난분산)　分散: 헤어지다
情親醉酒滔 (정친취주도)　酒滔: 술이 많이 취해

옅은 구름이 앞 계곡에서 흩어지니
들에선 새들이 지저귄다.
저녁 서늘한 날에 흥얼대며 걷다가,
해 질 무렵 우연히 친구를 만났다.
술집 찾아 한잔하지 않으려나?
누가 또 이런 즐거움이 있겠는가?
이 저녁 서로 헤어지기 싫은데
정든 친우와 술에 흠뻑 취했으면!

33. 來郎 (래랑) 73

無端夜雨屯 (무단야우둔)　無端: 끝없이

處處有花群 (처처유화군)

世好聞花色 (세호문화색)

吾還看汽芬 (오환간기분)　汽芬: 꽃 향기

郎來終雨探 (낭래종우탐)

借景備多樽 (차경비다준)

幾日淹留宇 (기일엄류우)　幾日: 며칠

愁多倚酒奔 (수다의주분)

밤비가 줄곧 장대 같이 내렸는데
오히려 곳곳에 꽃 무리가 피었네.
세상 사람들 꽃을 좋아한다고 들었는데,
나는 도리어 향기를 좋아한다네.
비 개자 반가운 친우가 찾아왔네.
그렇지 않아도 술 많이 준비했으니
며칠 내 집에 묵어 지내면서
술 많이 들고 근심 풀고 가시오.

34. 護身 (호신) 81

露下又昏移 (로하우혼이)

淸塘素月馳 (청당소월치)

黃昏群鷺躍 (황혼군로약)

漢水慢流遲 (한수만류지)

富貴功名片 (부귀공명편)

充蝸宇臥微 (충와우와미)　　蝸宇: 달팽이 집(작은 집)

生涯端不再 (생애단불재)

漸老護丹緋 (점로호단비)　　丹緋: 귀중하게

이슬 내리며 저녁은 깊어 가는데
맑은 연못엔 흰 달이 치닫는구나.
황혼에 백로 무리 지어 날고
한강 물결은 서서히 흐르는구나.
부귀공명도 한 조각 같은 것
단 간 방에 누워도 족하지 않으리
인생길 한 번 가면 되돌릴 수 없으니
열정으로 자신을 지키며 늙어가세.

35. 春懷 (춘회) 1

春風柳上歸 (춘풍류상귀)

冷雪煖中飛 (랭설난중비)

水綠西江渚 (수록서강저)　　西江: 마포의 강

鶯歌遠在池 (앵가원재지)

長河消早遠 (장하소조원)　　長河: 은하수

片月隱松枝 (편월은송지)

蕩蕩天坊去 (탕탕천방거)　　天坊: 하늘 세상

何時此會廻 (하시차회회)

버드나무 위에 봄바람 돌아오면
온기에 찬 눈은 사라진다.
서강 주변의 물빛은 푸르고
꾀꼬리는 먼 연못에서 울고 있네.
새벽 은하수 멀리 사라지면
조각달은 소나무 가지에 가려 숨는다
넓고 아득한 천상으로 가면
우리는 언제 다시 만나리오?

36. 請酒 (청주) 15

晩日欲烟投 (만일욕연투)
天空日暈追 (천공일훈추)
斜陽東岸照 (사양동안조)
彩色躍孤樓 (채색약고루)
歲月唯痕在 (세월유흔재)
人間滯恨愁 (인간체한수)
空臺登解抱 (공대등해포)
願飮再杯抽 (원음재배추)　　杯抽: 술잔을 들다

안개가 끼는 늦은 저녁에
빈 하늘의 햇무리를 추적한다.
석양이 동쪽 언덕을 비추니
높은 누대는 채색되어지는구나.
세월은 오직 흔적을 남긴다는데
인간은 한과 슬픔을 남기는 것 같다
빈 누대에 올라 해포를 풀어 보게
친우여, 다시 한잔하길 바라네

37. 平壤 (평양) 63

廻頭起遠霓 (회두기원예) 霓 홍예, 무지개

雁向北關飛 (안향북관비)

白葦花洲吐 (백위화주토) 白葦: 강가 갈대의 흰꽃

沈潛想故基 (침잠상고기) 故基: 고향

懷兄如望月 (회형여망월)

往走古來稀 (왕주고래희) 古來稀: 70세

此會逢何歲 (차회봉하세)

歸思寂寞哉 (귀사적막재)

먼 곳에 무지개 뜨는데
기러기는 북으로 날아가는구나.
물가에선 흰 갈대가 꽃을 토해내니
옛 고향 생각에 빠져드네
망월 같은 형을 생각하며
고향 떠나 70년을 달려왔구나
어느 해에 다시 만날 수 있을지...
돌이켜 생각하니 적막감만 도네

38. 惜別 (석별) 64

白月沒朝迎 (백월몰조영)
黃梧葉落聽 (황오엽락청)
悠悠城市去 (유유성시거)　　城市: 서울
共是恨秋星 (공시한추성)
汝矣單番別 (여의단번별)　　汝矣:여의도
何逢在此程 (하봉재차정)
江波聲夜永 (강파성야영)
有感聚深更 (유감취심경)　　深更: 깊은 밤

아침이 되니 흰 달 사라지고
누런 오동잎 떨어지는 소리 들린다.
그대 멀고 먼 서울로 떠나
가을의 슬픈 별이 되었네.
여의도에서 한 번 헤어져
인생길에서 또 만날 수 있을지?
강 물결은 밤에도 끝없이 울어대니
깊은 밤에 많은 생각이 이네.

39. 娘耶(낭야) 76

風中燥葉說 (풍중조엽세) 葉說: 가랑잎이 소리내다
弱朶雨終啼 (약타우종제) 弱朶: 연약한 꽃잎
彩麗童奔問 (채려동분문)
前溪淺水譏 (전계천수기) 水譏: 물이 비웃다
何來逢有晚 (하래봉유만)
看相不來歸 (간상불래귀)
夢幻行蹤迹 (몽환행종적)
荊途便邊泥 (형도편변니) 荊途: 가시밭 길

바람 부니 마른 잎이 부스럭대고
연약한 꽃잎은 비가 온 후 펄렁대네.
화려했던 어린 시절 찾아 헤매니
앞 시냇물은 소리치며 비웃네.
만난다는 약속도 지나가는데
얼굴 보러 돌아올 줄 모르네.
꿈속 길도 오간 자취 있다면
가시밭길이 편한 흙길로 변했으리

40. 恩情 (은정) 79

天高点冷迷 (천고점랭미)
徙倚欲何依 (사의욕하의)
漢水搖搖浪 (한수요요랑)   搖搖: 물결이 흐르는 모습
周邊不相知 (주변불상지)
他分離我淚 (타분리아루)
爲晩淚含歸 (위만루함귀)
肅靜悲前事 (숙정비전사)   肅靜: 고요히
恩情恐破支 (은정공파지)

하늘은 높고 날씨가 서늘해지니
내 의지할 곳을 생각하게 되네.
한강은 굽이쳐 흐르는데
둘러봐야 아는 이도 없구려.
그 보내고 나는 눈물지으며
후일을 위해 눈물 머금고 돌아왔소.
옛 일 고요히 생각하면 슬퍼져
은정이 깨질까 두려워지네.

41. 顧春 (고춘) 10

初春草綠持 (초춘초록지)

念那比崑巍 (념나비곤위)　崑巍 : 높은 곤륜산

與我心非似 (여아심비사)

天涯若比支 (천애약비지)

南山離去處 (남산리거처)

首爾五零飛 (수이오령비)　首爾: 서울, 五零: 50년

每樣廻頭想 (매양회두상)

何時再次期 (하시재차기)

이른 봄에 풀이 푸르러지니
그 생각은 곤륜산만큼 커지는구나.
그는 나와 마음은 다르겠건만,
천성의 굳건함을 어찌 비교하리
남산은 분별하게 되었던 곳.
이제 서울 생활 50년 지났구려
때때로 머리 돌려 돌이켜 생각하면
어느 때 다시 기회가 있을는지...

42.虛想 (허상) 77

故苑三千里 (고원삼천리)　　故苑: 고향

都城六拾回 (도성육십회)　　都城: 서울

山川廻繞路 (산천회요로)

次會在何時 (차회재하시)

醒夢隨心我 (성몽수심아)

悠悠逐汝飛 (유유축여비)

衰毛飛怨憤 (쇠모비원분)

散髮笑余譏 (산발소여기)

멀고 먼 고향 3천 리!
우금 서울 생활 60년!
길은 산천을 돌아 뻗쳤는데
언제 다시 만날 수 있으리---
꿈속에서 깨어나도 나의 마음은
멀리 그대 뒤쫓아 달린다.
원한의 쇠약한 머리 바람에 날리니
나의 헝클어진 머리가 우습기도 하군.

43. 登曲墻 (등곡장) 14

今登曲墻蒼 (금등곡장창)　　曲墻: 성밖의 울타리

曉皐望山爽 (효부망산상)

寂寞山花白 (적막산화백)

天邦四月霜 (천방사월상)

春花開不變 (춘화개불변)

輩友不聽恒 (배우불청항)

老面灰絲散 (노면회사산)

何年次會嘗 (하년차회상)　　嘗: 맛보다

금년 푸르러진 성곽길을 오르니
아침 언덕에서 산을 보니 쾌청하구나.
적막한 산, 흰 꽃들은
4월에 천상에서 내린 서리 같구나
봄에 꽃은 매년 끝없이 피고 지는데
친구들의 소식은 들리지 않네.
얼굴은 늙고 회색 머리는 헝클어지는데
언제 다시 만날 수 있을는지?

44.荒園 (황원) 16

春天鳥轉邱 (춘천조전구)
日暮駐房趨 (일모주방추)
四月天飛雪 (사월천비설)
憐江滿月浮 (련강만월부)
香花擦面上 (향화찰면상) 　擦面上: 얼굴을 스치다
舊地已荒丘 (구지이황구)
故址花開滿 (고지화개만) 　故址: 고향
人聲斷絶憂 (인성단절우)

봄날 새들이 날아 언덕을 넘어갈 때
저녁에 집으로 곧장 돌아온다.
4월에 천상에선 눈꽃 날리고
강에 뜬 만월도 가련케 뵈는구나.
꽃향기 얼굴에 스쳐 불어와도
옛 고향은 이미 황무지가 되었고
고향에 꽃이 무성하게 피어도
사람의 소리가 끊길까 걱정되네.

45. 自歎 (자탄) 74

向晚意微追 (향만의미추)
來杯能飮無 (래배능음무)
時遷踪尙在 (시천종상재)
徙倚欲何州 (사의욕하주) 　徙倚: 옮(이사)기다
片月今于變 (편월금우변) 　今于: 지금까지
多雲換自隨 (다운환자수)
支離戲此己 (지리희차기)
不怨裏愁誰 (불원리수수)

늙어가며 모든 일 뜻같이 않으니
와서 술 한 잔 마시지 않으려는가?
세월은 흘러 종적만 남기는 것
내 갈 곳은 어느 곳인지?
조각 달도 지금까지 변해왔고
수많은 구름도 스스로 변해왔지?
이 몸이 하찮고 우스워 보여도
회한 속에 누구를 원망 하리요?

46. 憂老 (우로) 75

秋風未暫更 (추풍미잠경)　　**暫更: 짧은 시간**

萬木放秋聽 (만목방추청)

冷靜沈陰夜 (냉정침음야)

周邊不萬經 (주변불만경)

生涯人漸老 (생애인점노)

慨嘆叫何成 (개탄규하성)

不少超然老 (불소초연노)

誰云健力零 (수운건력령)　　**力零: 노쇠하다**

추풍은 잠시도 쉬지 않고 불어와
나무마다 가을 소리 깃들이네.
음산한 밤은 차고 고요한데
주변에는 오가는 이 별로 없네.
인간의 생애 서서히 늙어가니
눈물지어 개탄한들 어찌하랴.
특출 재주 있는 노인도 적지 않거늘
누가 건강 노인을 노쇠하다 하더냐?

47. 春幻 (춘환) 3

晚欲引霞拖 (만욕인하타)　霞拖: 노을이 끼다

毛毛夜落播 (모모야락파)　毛毛: 가랑비

靑山成已曙 (청산성이서)

不到省春芽 (불도성춘아)

陋巷希究百 (누항희구백)　陋巷: 가난한 마을

今生附幾何 (금생부기하)

人存亡似草 (인존망사초)

藥指計延暇 (약지계연가)　藥指計: 손가락으로 세다

저녁에 막 놀이 드리우더니
밤에는 가랑비가 뿌렸구나.
청산은 이미 새벽이 밝으니
봄에 새싹이 솟은 줄도 몰랐었네.
가난한 마을에서 백 년을 희구하나.
이 생애 몇 년을 더 살게 될까?
인간 존망은 풀과 같은 것이라 하니
손가락으로 세월을 세어 보자구나.

48. 自顧 (자고) 6

天然冷始梨 (천연랭시이)

漢水入西飛 (한수입서비)

坐看雲當起 (좌간운당기)

靑山貌已離 (청산모이리)

時遷痕尙在 (시천흔상재)

向晚意邊移 (향만의변이)　　意邊: 생각이 흐려지다

夕末天形雨 (석말천형우)

誰憧此裏知 (수동차리지)

배꽃은 피는데 주위는 아직 춥고
한강수는 서해로 흘러가누나
이는 구름 앉아서 바라보니
청산은 이미 홀연히 사라졌구나.
세월은 흘러 자취를 남기는데
늙어가면서 생각이 흐려지는구나.
비라도 내릴 것 같은 이 저녁에
누가 이 속마음 알아주랴?

49. 賞春 (상춘) 12

春風變冷霜 (춘풍변랭상)

鵲舞阜華裝 (작무부화장)

獨坐江邊草 (독좌강변초)

春天水泡長 (춘천수포장)

山峰唯落照 (산봉유락조)

看再顧吾當 (간재고오당)

向老都非適 (향노도비적)　　非適: 적응 못하다

支離笑此郎 (지리소차랑)　　此郎: 이 젊은이

봄바람 불어 찬 서리 사라지니
언덕은 까치 춤으로 화려하구나
홀로 강변 풀의 섶에 앉으니
봄날 물거품은 유유히 흘러가누나
낙조가 산봉을 물들일 때면
나는 응당 자신을 되돌아보게 된다.
늙어가며 도시생활에 적응하지 못하니
못난 내 모습 우습기도 하구나.

50. 老愁 (노수) 66

老去但思孤 (노거단사고)

悲思混鬢蕭 (비사혼빈소)　　鬢蕭: 엉성한 턱수염

山寒秋已盡 (산한추이진)

電火草蟲呱 (전화초충고)

悔顧沈深夜 (회고침심야)

溜笞負責途 (류태부책도)　　溜笞: 미끄러운 이끼

充哀餘淚盡 (충애여루진)

客恨不些度 (객한불사도)　　不些: 적지 않다

늙어가며 고독한 생각이 들고
수염도 헝클어지니 슬프고 처량하도다.
산에는 날씨 차고 가을이 끝나가니,
전깃불 밑에서 풀벌레 울어 대네
깊은 밤에 곰곰이 옛일 회고하니
이끼 미끄러움을 어찌 길을 책리오?
쌓인 슬픔에 눈물조차 말라붙어.
손의 시름 헤아려 보니 적지 않구려.

51. 晚秋 (만추) 67

草蟋蟀登樓 (초실솔등루)

回歸暫意羞 (회귀잠의수)

層陰疑有雨 (층음의유우)

遠野暈生垂 (원야훈생수)

一直功勳意 (이직공훈의)　　**功勳: 성공과 영예**

他言不益投 (타언불익투)

隨身星月盡 (수신성월진)　　**星月: 세월**

處處霧波愁 (처처무파수)

귀뚜라미 누대에 올라 슬피 우니
부끄러움을 잠시 되돌아 본다.
날은 점점 흐려져 비가 올 듯하고
먼 들에 어스름이 드리워졌구나.
항상 공훈을 이루려는 뜻을 가지고
최선을 다했으나 성과는 없었다.
세월 가니 몸도 따라서 늙어
안개 물결 속 곳곳 수심이 드네.

52. 戀情 (련정) 78

三更夜雨康 (삼경야우강)　　三更夜: 한 밤중

早晨啼烏張 (조신제오장)

歲去人追老 (세거인추노)

山溪淺水傷 (산계천수상)

鄕愁新日換 (향수신일환)

不華事言娘 (불화사언낭)

人醉三觴酒 (인취삼상주)　　三觴酒: 3잔 술

情如碧浪長 (정여벽랑장)

한밤중 비가 강하게 내리치더니
새벽엔 까마귀가 울어 대네
세월에 우리 인간도 쫓아 늙어가니
산 계곡의 얕은 물도 서글퍼 하네
고향 그려 타는 마음 갈수록 새롭고
화려하지 않은 일을 어찌 말하리오?
술 많이 마셔 취하였어도
그린 심사 푸른 물결은 끊임없으리

53. 閒春 (한춘) 8

斜陽赤阜拘 (사양적부구)

漢水浪西流 (한수랑서류)

叫鵲聽來友 (규작청래우)

黃昏不見軀 (황혼불견구)

消光天欲雨 (소광천욕우) 消光: 해지다

巷外訪來收 (항외방래수)

汝感同和我 (여감동화아)

多杯願飲無 (다배원음무) 願飲: 원없이 마시다

석양은 붉그레 언덕으로 지려 하고
한강은 서해로 향해 물결친다.
까치가 울면 손님이 오신다는데
황혼이 가까워도 오는 사람 없네.
해지고 비라도 내릴 듯한 저녁에
마을 밖 멀리서 누가 올는지?
자네도 내 맘과 같다면
만나 술 한잔하지 않으려나?

54. 春思 (춘사) 9

玉樹綠芽歸 (옥수록아귀)　　玉樹: 옥 같이 푸른 나무
斜陽最好期 (사양최호기)
車窓香氣暖 (거창향기난)　　香氣暖: 향기가 따뜻하다
已被野春吹 (이피야춘취)
閉了多開重 (폐료다개중)
情娘不索來 (정낭불색래)
江邊鶯泣斷 (강변앵읍단)
舞燕廢荒徊 (무연폐황회)

나무마다 새싹이 돌아와 움트고
석양은 무한히 좋은 때로구나.
차창엔 향기로운 기운이 따스하고
이미 들에는 봄바람 부는구나.
문을 가끔 여닫아 봐도
옛 정인는 한번도 찾지 않네.
강변에 꾀꼬리 울음도 끊겼고
황무지 위엔 제비도 배회하지 않구나.

55. 人生 (인생) 65

中天白鳥飛 (중천백조비)

弄動歲增催 (농동세증최)　　弄動: 빨리가게 하다

夏去山花落 (하거산화락)

黃昏喜逢離 (황혼희봉리)

人生虧最樂 (인생휴최락)　　虧樂: 즐거움이 끝나다

古代感銘詩 (고대감명시)　　感銘詩: 유명시

薄壽佳人話 (박수가인화)

桑鳩勸予歸 (상구권여귀)

허공에 흰 새 날아가며

빨리 가는 세월 더 재촉하네.

여름 가고 산의 꽃도 지고

황혼에 떠난 사람 다시 보니 반갑구려.

인생의 한껏 즐거웠던 때도 지났고

이젠 고대의 명시를 감상하며 지내네.

가인은 수명이 짧다고 하는데

뽕밭의 비둘기도 나보고 뒤돌아보라 하네

56. 眞我 (진아) 61

秋淵素月馳 (추연소월치)

將暗鷺啼飛 (장암로제비)

恨作元巖客 (한작원암객)　　元巖: 어린 시절 자란 곳

題詩萬古緋 (제시만고비)　　萬古緋: 만대의 보배

浮生終奈事 (부생종나사)

畢竟跡猶輝 (필경적유휘)

使客蕭條我 (사객소조아)

悲哀不可知 (비애불가지)

가을 연못에 흰 달이 뜨고
어스름 저녁 백로는 울며 날아가네.
시름 많은 원암의 나그네
시를 지어서 후대에 남기려 하오
그대는 허튼 삶 무엇으로 끝내리오?
결국 시간 지나면 자취만 남는 것
객으로 하여금 나를 슬프게 하는데
비애는 가히 알 수가 어렵구려!

Ⅳ. 7言律詩

57. 閑居 (한거) 27

江波雪滅水多寬 (강파설멸수다관)

老木干宵複露還 (노목간소복로환)　　宵: 밤

薄暮飛烟生寂寞 (박모비연생적막)　　薄暮: 어스름, 저녁

終天空事了心玩 (종천공사료심완)　　終天: 종일

斑鷗互相知親友 (반구호상지친우)

歲歲無賓門閉關 (세세무빈문폐관)

夢裏全平生過世 (몽리전평생과세)

今天痛恨爲余玩 (금천통한위여완)

물이 많이 불어 강의 눈을 녹이고
하늘 높이 솟은 고목 밤이슬이 서렸구나.
저녁은 고요한데 안개만이 떠돌고
종일 하는 일 없이 하루를 보내네.

수중 백구는 서로 친밀하게 노니는데
나는 찾는 이 없어 문을 닫고 지내네.
일평생이 꿈결같이 지나가니,
오늘도 누가 애통한 나와 함께하리.

58.春日(춘일) 31

胸中自有械心支 (흉중자유계심지)

舊趣踪痕探索回 (구취종흔탐색회)

早夙淸明成杳盛 (조숙청명성행성)　　淸明 청명절

雲煙絶域散搖枝 (운연절역산요지)

香波野木通鼻醉 (향파야목통비취)

木下花知晚到飛 (목하화지만도비)

望遠山光鋪錦褥 (망원산광포금욕)　　鋪錦: 비단을 펴다

觀光少差古人非 (관광소차고인비)

가슴속 굳게 먹은 마음이 있어
옛 선인 자취 기웃기웃 찾았노라.
청명절 이른 새벽에도 살구꽃은 피었고
구름 연기는 흔들리는 나뭇가지로 퍼지네.

들의 나무가 향기 뿜어 코를 취케 하고
나무 밑의 꽃도 늦게서야 꽃을 날리네.
멀리서 산을 보니 비단 깔아 놓은 듯
뵈는 것은 같은데 옛사람은 아닐세.

59. 直覺 (직각) 32

春天漸曙木鴉徊 (춘천점서목아회)

老樹無情霧自衰 (로수무정무자쇠)

樹上殘金星慢緩 (수상잔금성만완)　　金星: 금성

叢朝日旭漏雲催 (총조일욱루운최)

來遊此地年華代 (래유차지년화대)　　年華代 청춘시절

不見同時韻舞乖 (불견동시운무괴)　　韻舞: 노래하고 춤추다

萬事都回悲逝水 (만사도회비서수)

灰頭只自保窮懷 (회두지자보궁회)　　自保: 스스로 지키다

봄날 새벽이 밝아오니 까마귀 날고
무정한 고목의 안개는 마음을 약하게 하네
금성은 아직 숲 위에 느긋이 떠가고
햇살은 물기 머금은 구름을 쫓아내네.

이곳에서 놀던 청춘 시절
그때의 놀이객들 어디로 갔는지?
모든 일 다 슬픈데 강물은 흘러만 가네
늙어 가면서 자신의 건강 지켜보세

60. 晚春 (만춘) 33

柳絮柔於雪附眉 (류서유어설부미)　　柳絮: 버들솜(꽃)

桃花好看美人脂 (도화호간미인지)　　人脂: 화장

春霖暫止江鳩泣 (춘림잠지강구읍)　　春霖: 봄 장마

遠近平皐草色施 (원근평고초색시)

步啓門前聞渺望 (보계문전한묘망)

予身世亂富些微 (여신세란부사미)　　亂富: 풍요로움

庭前只有梨花樹 (정전지유이화수)

只請山雲鎖洞籬 (지청산운쇄동리)

눈보다 부드러운 버들 솜이 눈썹에 붙고
복사꽃은 미인의 연지 같이 보기가 좋구나.
봄장마 잠시 개이니 강에 비둘기 울고
너른 들판 여기저기 풀빛 한창이로다.

문 앞서 한가로이 거닐며 아득히 바라보니
세상은 풍요로운데 이 몸은 하찮은 신세로세.
뜰 앞의 배나무는 꽃을 피웠건만
구름으로 막힌 산마을을 누가 찾을까나?

61. 省我 (성아) 4

巡城路下草紛籬 (순성로하초분리)   巡城路: 순성 길

上午山光綠鳥飛 (상오산광록조비)

漢水東灣流向海 (한수동만류향해)

芳林沒衆畵花枝 (방림몰중화화지)   沒衆: 관객이 없다

憑君莫問生涯事 (빙군막문생애사)

物換星移幾次時 (물환성이기차시)   星移: 세월

世上浮雲何對問 (세상부운하대문)

多年世事不舒悲 (다년세사불서비)

성곽길 아래 솟아난 풀이 띠를 이루고
오전 산 빛은 푸르고 산새가 나는구나.
한강은 동에서 굽이쳐 바다로 흐르고
꽃다운 숲은 그림 같은데 사람이 없구나.

내 생애의 일 그대는 묻지 마소
세월이 물정을 수없이 바꾸었구나.
뜬 구름 같은 세상 말해 뭘 해.
오래도록 세상일 펼 수 없어 슬프네.

62. 悠閑 (유한) 51

首爾江邊斷送秋 (수이강변단송추)　수이: 서울

今年景色水爭流 (천년경색수쟁류)　景色: 세태

閑庭降落愁秋作 (한정강락수추작)

到老離居益可憂 (도노리거익가우)　到老: 늙으니

獨坐無人凄氣夜 (독좌무인처기야)

空山響水處都愁 (공산향수처도수)　處都: 모든 곳

拋塵世事何供盡 (포진세사하공진)　拋塵: 버리다

醉後高歌答月浮 (취후고가답월부)

서울 한강 변에서의 가을을 보내니
금년 세상 물 흐르는 듯 다투는구나.
한적한 정원 낙엽 지는 소리 애끓는 듯
늙어 가면서 헤어진 이들 더욱 슬퍼지네.

처연한 밤에 사람도 없는데 홀로 앉으니
빈산에 물소리 울려 수심을 자아내네.
세상일 버리고 무엇을 더 바랄 것이뇨?
취해 크게 노래하니 뜬 달이 화답하네.

63. 幽靜 (유정) 59

谷浪淸波燥不流 (곡랑청파조불류)　　波燥: 물이 마르다

微風落葉去花浮 (미풍낙엽거화부)

平沙白雲靑江謠 (평사백운청강요)　　江謠: 강물 소리

老鳥飛飛去復隨 (노조비비거부수)

我似流河無返去 (아사류하무반거)

浮雲向我話當累 (부운향아화당루)

車輪白月閑暇照 (거륜백월한가조)

但有無心泛浪鷗 (단유무심범랑구)

계곡의 맑은 물은 말라 흐르지 않고
미풍에 꽃잎만 떨어져 날리네.
흰 눈 같은 모래사장 푸른 강물 흐르고
새들은 훨훨 무리 지어 날아 배회하네.

이 몸도 물결 같아 흘러가면 못 오는 것
뜬구름 나를 향해 지쳤다고 말해 주네
밝고 둥근 달이 한가하게 비추니
무심한 갈매기만 물질하며 놀고 있네.

64. 倦春 (권춘) 22

每歲春光夢引拏 (매세춘광몽인나)　　春光: 봄볕

千金尙未買佳暇 (천금상미매가가)

蒼空太白江邊曉 (창공태백강변효)　　太白: 태백산맥

暗墨浮荒柳皇芽 (암묵부황류부아)

空暗灰烟籬外散 (공암회연리외산)　　暗灰: 컴컴해져

飢荒倦睡但餘嗟 (기황권수단여차)　　餘嗟: 여유와 탄식

淸池晧月心禪境 (청지호월심선경)　　禪境: 선의 경지

柳木開花故址思 (류목개화고지사)

매년 봄볕은 꿈인 양 스쳐 가고
천금 주고도 못 사는 여유로운 시절
태백의 하늘은 푸르고 강변도 밝아오니
황무지의 버들도 둔덕에서 움트는구나.

하늘은 컴컴해져 안개는 울 밖으로 퍼지는데
오직 여유와 탄식뿐 권태로움에 졸고 있구나.
맑은 못, 흰 달은 마음속 선심을 깨워주니
버들이 꽃 피는 시절에 고향 생각하누나.

65. 心境 (심경) 29

絶景雲煙窈掛欄 (절경운연요괘란)   掛欄: 난간에 걸다

山園廣野抱如竿 (산원광야포여간)   抱如竿: 장대같이 막다

黎明上嶽回頭遠 (여명상악회두원)   黎明: 새벽 녘

日夜歸東往海端   (일야귀동왕해단)

莫話孤悶身惹禍 (막화고민신야화)   孤悶: 고민

猶還喜世醒天閒 (유환희세성천한)

憑君莫問生涯事 (빙군막문생애사)

大好東波數巨山 (대호동파수거산)

아름다운 구름 연기 난간 앞에 고요히 걸렸고
넓은 들을 높은 산이 장대로 둘러 쳤구나.
새벽 바위 위에서 머리 돌려 멀리 바라보니
밤낮으로 동해 바닷가로 가고픈 생각이네

여보게, 이 사람 고민 많다고 말을 마라
취중 깨어보니 오직 한가해 좋은 것을
요즈음 그대는 내 생애 묻지 마소
동해의 물결과 큰 산이 얼마나 좋은가.

66. 鄕路 (향로) 36

往日開車去漢關 (왕일개거거한관)　　漢關: 서울 땅

秋天亮快鏡晶完 (추천량쾌경정완)

天球不暖生休意 (천구불난생휴의)　　天球: 지구, 온 세상

白葦洲邊暮露寬 (백위주변모로관)　　白葦: 갈대 꽃

鏡裏紅顔非旺日 (경리홍안비왕일)

巴邊老鬢又今觀 (파변노빈우금관)　　巴邊: 밤 옆

光陰過歲彈將季 (광음과세탄장계)　　歲彈: 세월이 빠르다

義魄歸天更不還 (의백귀천경불환)　　義魄: 죽은 자의 넋

며칠 전 차를 몰아 서울을 떠났다.
가을 하늘 상쾌하고 날씨는 거울 같았다.
천지는 쌀쌀한데 휴가 생각이 나고
강가의 흰 갈대는 저녁 이슬을 머금었다.

거울 속 청춘은 이제 왕년의 나 아니고
뺨 옆 턱수염은 벌써 늙어 보이게 한다.
세월은 탄환같이 계절의 끝을 향하니
의로운 혼백으로 귀천하면 다시 돌아올 수 없는데…

67. 靈琴亭 (영금정) 38

風天海定日沈墻 (풍천해정일침장)   日沈 해가 없다

近海汾天複見茫 (근해분천복견망)   見茫: 망망한 바다를 보다

月夜長靈琴隱耀 (월야장영금은요)   靈琴: 속초항에 있는 정자

沈沈海岸暗鋪藏 (침침해안암포장)

澄波萬頃更光鑑 (징파만경경광감)

重數飛帆亂暮陽 (중수비범란모양)

大海從銀河浪起 (대해종은하랑기)

千秋遠海起閒慷 (천추원해기한강)

바람 일고 파도 잔잔하고 햇빛이 없어도
바닷가에서는 망망한 바다를 볼 수 있네.
밤에 달은 은은히 영금정을 비추고
해안은 어둑어둑해 밤빛을 감추었네.

맑은 파도 맑다 못해 더욱 푸르고
무수한 배 석양 담뿍 싣고 이리저리 가네.
대해는 은하수 쫓아 물결을 일으키고
먼 대양을 보니 고독한 서글픔 일어나네.

68. 還鄕 (환향) 42

艾草黃砂處處悲 (애초황사처처비)

枯梧睡罷正亡機 (고오수파정망기)　　罷正: 깨다

前知杜宇傳衰薄 (전지두우전쇠박)　　杜宇: 두견새

認我歸心在翠微 (인아귀심재취미)　　翠微: 靑山과 같은 삶

若是靑山歸我處 (약시청산귀아처)

靑山返處不諸希 (청산반처불제희)　　不諸希: 어려운 곳도 좋다

年輕偉血風猶在 (년경위혈풍유재)

白髮娑婆道路迷 (백발사바도로미)　　娑婆: 속세

황사 쑥 풀 곳곳 흩날리니 슬프고
오동 고목은 깰 줄 모르고 잠자고 있네
사람 사이 야박함은 두견이 먼저 알고
바르게 살아가는 나에게 말하는 듯하구나.

내 돌아가고자 하는 곳 청산이니
어디로 돌아가도 좋지 않겠는가?
젊음의 위대한 혈기 남아 있네만
속세의 백발같이 벌써 혼미한 길 가네.

69. 蟄居 (칩거) 48

秋風束草限邊思 (추풍속초한변사)　　東草: 강원 속초

白露梧桐月欲遮 (백로오동월욕차)

老氣廻悲秋再次 (노기회비추재차)

京都九月鎖重斯 (경도구월쇄중사)　　京都: 서울 땅

多年景色波爭浪 (다년경색파쟁랑)

雪嶽能觀不管拏 (설악능관불관나)　　雪嶽: 설악산

歲月超移將向遠 (세월초이장향원)

人間白色隱居暇 (인간백색은거가)　　白色: 늙은이

가을바람 부니 속초 생각에 잠기고
찬 이슬 덮인 오동나무가 달을 가렸네.
늘그막에 또 슬픈 가을이 돌아왔건만
9월에도 서울에서 문닫고 조용히 지냈네.

몇 년 세월은 물 흐르듯 지났고
언제 다시 설악을 볼 수 있을지?
세월은 빠르게 앞으로 치닫는데
이 몸 늙어 가며 한가하게 은거하며 지내네.

70. 故址 (고지) 52

蘆花兩岸月淸明 (노화양안월청명)　　蘆花: 갈대 꽃

樹木凋零掩古城 (수목조령엄고성)

古代宮城煙霧薄 (고대궁성연무박)

斜陽逛客樂夕傾 (사양광객락석경)

天邊日暮風凉快 (천변일모풍량쾌)

遠客思歸正斷靈 (원객사귀정단령)　　斷靈: 애간장이 타다

顧看退鄕何處是 (고간하향하처시)

離園到老益出鳴 (리원도노익출명)

갈 꽃 핀 언덕에 밝은 달이 청명하고
수림은 쇠락해 옛 성을 뒤덮었구나.
옛 궁성에 안개 옅어지니
유객들은 석양 늦게까지 즐기는구나.

청량한 바람 속 하늘 저편엔 해가 지니
귀향 그린 이내 심사 애간장이 타는구나.
하향이 어디인지 돌아 보고 생각하니
고향 떠나 나이 드니 눈물이 나는구려

71. 歸鄕 (귀향) 55

萬壑紅林散亂傾 (만학홍림산란경)

斜陽嶺色望精英 (사양령색망정영)

山河似舊風流變 (산하사구풍류변)　　舊風: 옛 풍속

激水潛雲落月明 (격수잠운락월명)　　激水潛: 격랑도 잠기고

大醉微知離別苦 (대취미지리별고)

黃昏岸下慮浮萍 (황혼안하려부평)　　慮浮萍: 부평초 같은 생각

金星酒盡哉非宿 (금성주진재비숙)

慚愧無能抵去齡 (참괴무능저거령)　　去齡: 가는 세월

온 산골에 붉은 단풍이 여기저기 뒤덮고
석양에 둔덕에서 영롱한 빛을 바라본다.
산천은 의구한데 옛 풍모 간 곳 없고.
구름 사라지고 물은 잔잔한데 달이 밝구나

이별 고통 속에 많이 취한 것도 모르고
저녁에 강변에서 부평초 같은 느낌도 들었지.
술 마시다 금성이 뜰 때도 잠 못 이루었고
가는 세월 저지 못해 안타깝네.

72. 重陽節 (중양절) 60

亮帶佳節近重陽 (량대가절근중양)　重陽: 중양절

終秋古苑夢歸當 (종추고원몽귀당)　古苑: 옛 동산

依然嶺岳愁波動 (의연령악수파동)

複訪多年客淚翔 (복방십년객루상)

歲月抛年如走馬 (세월포년여주마)　年如走馬: 빠른 세월

追生何路再歸嘗 (추생하로재귀상)　追生: 다음 생애

關頭早到初紅葉 (관두조도초홍엽)　關頭: 이제 막

歲月無情老大慷 (세월무정노대강)

상쾌하고 좋은 절기 중양절 가까워져
늦가을 옛 동산 꿈속에 돌아가니
산악은 의구한데 수심만이 물결치네.
오랜만에 방문하니 눈물이 나는구나

인간 세상 헛되이 주마등같이 흘러
다음 세상에도 또다시 돌아갈 수 있을지!
이른 아침 높이 올라 보니 붉은 단풍은 시작되는데
무정한 세월이 늙음을 서글프게 하네.

73. 信友 (신우) 53

日暮春江水似綾 (일모춘강수사릉)　　水似綾: 비단 물결

斜陽霧谷望層層 (사양무곡망층층)

風流處士登龍馬 (풍류처사등용마)　　龍馬 : 용마산

薄暮微香動草陵 (박모미향동초릉)　　薄暮: 어스름 저녁

半世無心營爵祿 (반세무심영작록)　　爵祿: 록봉

平生禮節守專凌 (평생예절수전릉)

東西散處眞交友 (동서산처진교우)

信道何曾有變矜 (신도하증유변긍)

봄 저녁 강물은 비단결 같이 출렁이고
석양에 안개 낀 계곡을 층층 바라보네.
풍류 좋아하는 처사 용마산에 오르니
어스름 저녁에 은은한 꽃향기 언덕으로 퍼지네.

반평생 부귀공명 마음에 없이 살아도
평생 예의범절 지키며 산 것도 훌륭하네.
여기저기 흩어져 진실로 사귄 친우들
서로 믿어 친밀하니 어찌 변함 있으랴?

74. 對酌 (대작) 35

層山日暮散風淸 (층산일모산풍청)

萬壑崩湍共波聲 (만학붕단공파성)　　崩湍: 붕괴하는 물소리

日落圍潭紅地氣 (일락증담홍지기)

微風瞬快氣飛娗 (미풍순쾌기비정)　　瞬快: 순간

深深坐下無窮念 (침침좌하무궁념)

歲月怱怱百恨聽 (세월총총백한청)　　怱怱: 빠르게 지나다

萬里悲風常作客 (만리비추풍작객)

多金買酒莫辭情 (다금매주막사정)　　辭情: 사양치 않고

층층 높은 산머리 저녁 맑은 바람 부니
골짜기 붕괴하듯 물소리 벅차게 흐르네.
못가 해 지고 대지에 붉은 기운 돌 때
갑자기 미풍이 스산하게 불어오네.

홀로 앉아 곰곰이 오랫동안 생각해 보니
세월 흐르는 온갖 소리 한스럽게 들리네.
서글픈 바람이 멀리서 불어오니 객이 되어
좋은 술 사 격의 없이 한잔해 보세.

75. 自歎 (자탄) 47

前山霧氣落江洲 (전산무기락강주)

冷露凋傷小壑芙 (랭로조상소학부) 凋傷: 시들다

細猝霏霏播暮色 (세졸비비파모색) 霏霏: 이슬비

中秋待氣亦須臾 (중추대기역수유) 須臾: 잠시

人生歲月多年過 (인생세월다년과)

一刻無情老丈夫 (일각무정노장부) 一刻: 15분, 짧은 시간

欲寄風聞遐故苑 (욕기풍문하고원) 風聞: 소문

兒童比樂寂孤周 (아동비락적고주)

앞산의 안개 강가까지 이어지고
찬 이슬 내려 작은 골짜기에 연꽃 시드네.
이슬비 조금 내리니 저녁 느낌이 들고
가을의 기세도 잠시 지나가는구나.

인간 세상 오래 살다 보니
무정하게 순간 속에 늙은 대장부 되네
먼 고향 소식 풍문으로도 듣고 싶으나
함께 놀던 어린 시절 친우들 소식이 없구려.

76. 茫緣 (망연) 39

終宵默坐望東星 (종소묵좌망동성)　　終宵: 밤 새도록

曉月窺人入戶明 (효월규인입호명)　　曉月: 새벽

載有孤雲天外過 (재유고운천외과)

昭陽際應自時傾 (소양제응자시경)　　昭陽: 소양강

紅梅落盡消聞斷 (홍매락진소문단)

洞宇虛天月煜成 (동우허천월욱성)　　洞宇: 마을

宅外飛花人寂寂 (택외비화인적적)　　宅外: 집 밖에

今天洞里府稀聆 (금천동리부희령)　　洞里府: 마을

밤새도록 조용히 앉아 동녘 별을 바라보니
새벽달 처량하게 창 안으로 들이 비치네
구름은 쓸쓸하게 하늘가로 흘러
응당 소양강으로 스스로 빗겨 왔으리

붉은 매화도 지는데 소식 단절되고
마을 빈 하늘엔 달만 밝게 비추는구려
집밖에는 꽃잎이 날리고 인적은 고요한데
요즘은 그곳 동리의 소식마저 희미하네.

77. 奇緣 (기연) 40

水滿前江鏡面瑛 (수만전강경면영)

皐風波動錦紋靑 (고풍파동금문청)　　錦紋: 비단 무늬

山川重窒微堪恨 (산천중질미감한)　　堪恨: 한을 이겨내다

忍受南山久友情 (인수남산구우정)　　忍受: 인내로 극복하다

古木天寒棲鳥盡 (고목천한서조진)

天涯歲暮尙無迎 (천애세모상무영)

雲煙作等閑娘恨 (운연작등한낭한)

已旣身傾沒秀亨 (이기신경몰수형)　　沒秀亨: 향유할 것 없다

앞의 강물은 맑고 맑아 거울같이 빛나고
언덕에서 불어오는 바람 비단 물결 일으키네.
산천이 막혀 애태우는 이네 심사 감내하기 어렵지만
남산에서 받은 우정은 인내로 이어지리라

새들도 추워서 고목으로 날아드는데
세모에도 영접하는 일 또한 없도다
구름 안개가 한가한 손의 실음을 돋게 하니,
이미 기운 몸 특별히 향유 할 것도 없도다

78. 秋夜作 (추야작) 45

山嵐滿苑自稀明 (산람만원자희명)　　山嵐: 산 안개

那里乾坤置體鳴 (나리건곤치체명)　　乾坤: 세상

白髮靑燈廻五更 (백발청등회오경)　　五更: 아침 시각

通宵限困事生經 (통소한곤사생경)　　通宵: 밤을 새우다

天時過隙加新歲 (천시과극가신세)

到老離居益可鳴 (도노리거익가명)

己意梅花尋解意 (기의매화심해의)　　解意: 의도를 이해하다

方邊日色暗香驚 (방변일색암향경)

산안개 뜰에 가득 차 희미하게 보이고
저 넓은 세상 어디에 이 몸 둘꼬?
나이 들어 잠 못 들고 날 새워도
곤궁한 일 밤새운들 어찌 될까?

세월은 쉴 틈 없이 흘러 또다시 새해
늙어 헤어지면 더욱 눈물 나네.
곱게 핀 매화도 나의 뜻 아는지
햇볕 아래 암향이 나를 더 놀라게 하네.

79. 回顧 (회고) 49

玲瓏雪嶽日雲離 (영롱설악일운리)

寂寞曾無鳥雀飛 (적막증무조작비)

萬里山川多處落 (만리산천다처락)

今來月陰隱方枝 (금래월음은방지)

離鄕踏跡還鄕索 (리향답적환향색)

少日交遊俱寂馳 (소일교유구적치)

欲向情人傳問候 (욕향정인전문후)　傳問候: 안부 전하다

些行淚又繼艱持 (사행루우계간지)　些行: 몇 줄(행)

영롱한 설악산에 태양이 구름을 벗어나도
고요한 산에는 새조차 날지 않는구려
온 천지 곳곳마다 수많은 낙엽 지고
달 그림자는 나뭇가지 속으로 사라지네.

이향한 몸 다시 고향 찾으려니
어린 시절 놀던 친구 소식 끊겨 찾을 수 없고
떠난 정인에게 안부 전하고 싶지만
몇 줄 쓰고 눈물 어려 더 쓰기 어렵구려.

80. 遊春 (유춘) 18

寒冷春花欲動羞 (한랭춘화욕동수)

雲山漫漫使人愁 (운산만만사인수)

平年始有常春也 (평년시유상춘야)

爲向花前幾次追 (위향화전기차추)　　幾次: 몇 번

現世曾疎存百歲 (현세증소존백세)

浮雲世事使多憂 (부운세사사다우)

親朋不問生涯事 (친붕불문생애사)

老末無圖樂獨邱 (노말무도락독구)　　無圖: 할 일 없어

봄이 추워져 꽃을 피우지 못하고
끝없는 구름산이 사람을 시름겹게 하네
일 년 한 번 봄은 있다고 하지만
앞으로 몇 번 꽃을 더 볼 수 있을지?

현세까지 백 세는 드문지라
뜬구름 같은 세상사 근심해 뭘 해
그대는 나의 삶을 묻지 마소.
늙어 할 일이 없어 언덕에서 놀고 있소.

81. 辭職 (사직) 24

當天寒日暮山溪 (당천한일모산계)

日暈悲風爲我飛 (일훈비풍위아비)　　日暈: 햇 무리

與汝同時空手返 (여여동시공수반)　　與汝: 너와 나

隣人爲我色含悲 (린인위아색함비)

千金尙不歸佳歲 (천금상불귀가세)　　佳歲: 아름다운 나이

落葉能生再氣祈 (락엽능생재기기)

覆轉東西居路線 (복전동서거로선)

疾了藥物效無期 (질료약물효무기)　　疾了: 병이 나다

날은 찬데 해는 산 계곡으로 기울고
햇무리 일고 바람은 나를 위해 불어오네.
너와 나 때마침 빈손으로 돌아오니
이웃도 나를 보고 슬픈 위로를 하네.

천금을 주고도 돌이킬 수 없는 세월
낙엽도 다시 생기를 기대할 수 있을까?
이리저리 옮겨 살면서 괴로운 여정
병 나도 약도 효험을 기대할 수 없네.

82. 昌慶宮 (창경궁) 43

前朝臺殿散烟加 (전조대전산연가)　前朝: 앞선 왕조

細草開花水上佳 (세초개화수상가)　細草: 망초, 작은 풀

綠樹如圖丹闕掩 (록수여도단궐엄)　如圖: 그림 같은

歡聲落葉茂楊絲 (환성락엽무양사)

孤鴻突破天邊過 (고홍돌파천변과)

落日秋陽古殿斜 (락일추양고전사)

寂寞空天微暗繼 (적막공천미암계)　微暗繼: 적막이 이어지고

亡朝幷世論談嗟 (망조병세론담차)　亡朝: 망한 완조

옛 대궐 앞에 자욱한 안개 흩어지고
망초꽃이 피어 강변이 더욱 아름답구나.
그림 같은 푸른 숲은 붉은 궐을 뒤덮고
사람들은 무성한 버들실이 떨이지는 것을 좋아하네.

갑자기 기러기 한 마리 하늘가로 날아가고
가을 석양은 옛 전각을 비스듬히 비춰 주네.
어스름한 하늘엔 적막감이 이어지고
망한 왕조를 세상 사람들이 서글프게 말할까?

83. 戰亂 (전란) 50

遠目靑丘到是經 (원목청구도시경)　遠目:멀리 바라보다, 靑丘:우리나라

長江浪入碧溟迎 (장강랑입벽명영)　碧溟: 푸른 바다

江山擧眼雖邦地 (강산거안수방지)　邦地: 우리나라 땅

異景傷心此變更 (이경상심차변경)

奈謂相分離此路 (나위상분리차로)

風塵各訪索浮萍 (풍진각방색부평)　浮萍: 물에 떠도는 풀

寒風逐向逃南路 (한풍축향도남로)

此世何歸再路寧 (차세하귀재로녕)

이 나라를 멀리 바라보니 아득히 이어 지는고
긴 강물은 물결쳐 푸른 바다로 흘러 들어가네.
강산도 눈 떠보니 모두 우리 땅인데
다른 환경에 마음을 상하게 하누나.

이 길에서 누가 어떻게 이별했다고 했던가?
풍진 속 각자 찾아가는 부평초 같이.
한풍 속에 남쪽 길로 쫓겨 탈출했건만
이 생애에 언제 편안히 다시 돌아갈 수 있을까?

84. 閑居 (한거) 54

山邊影崟崟溪淸 (산변영위위계청)　　崟崟: 높은 산

隊雁遐天送寒聲 (대안하천송한성)　　遐天: 먼 하늘

十月干山稠落葉 (십월간산조락엽)　　干山: 높은 산

蕭蕭暗墨夜芬晶 (소소암묵야분정)

何飛處着雙靑鳥 (하비처착쌍청조)

酒醒娘魂又顯驚 (주성낭혼우현경)　　酒醒: 술이 깨다

滿路蒼苔垂落葉 (만지창태수락엽)

溪邊踏上話參聽 (계변답상화참청)　　話參聽: 담소하다

계곡 냇물은 맑아 높은 산 그림자 비치고
먼 하늘가에 기러기 떼 울면서 날아가네
10월 높은 산엔 낙엽이 쌓이고
컴컴하고 쓸쓸한데 밤 정취는 쾌청하구나.

어느 곳에서 날아온 푸른 새 한 쌍을 보니
님의 혼백인 양 놀라움에 술이 깨네
푸른 이끼 덮인 길엔 낙엽이 쌓이니
계곡변 거닐 제 뉘와 담소하며 걸을지?

85. 哀傷 (애상) 56

戶掩靑苔過客微 (호엄청태과객미)　　戶掩: 문 닫고

繁林細縷茶烟飛 (번림세루다연비)　　細縷: 가는 실같은

深加到夜吟迷寢 (심가도야음미침)　　迷寢: 잠 못들어

故苑歸心萬里期 (고원귀심만리기)

一路人間思目的 (일로인간사목적)

追懷世事逝風飛 (추회세사서풍비)

憔衰往事樽杯酌 (초쇠왕사준배작)　　樽杯酌: 술 마시려니

爽快東風杜宇悲 (상쾌동풍두우비)　　杜宇: 두견새

찾는 이 없어 문 닫고 풀숲에 누우니
가는 실 같은 푸른 연기 숲에서 피어 오르네.
밤이 깊도록 잠 못 들어 읊조리다
회향하고픈 마음 만 리를 달리네

인간 행로에 목적을 생각하니
세상살이 후회하는데 바람이 이네
옛 일이 쓸쓸하여 술 한 잔 들려니
상쾌한 봄바람에 두견새만 슬피 우네

86. 不知老 (부지노) 21

東風且下雨間吹 (동풍차하우간취)

冠岳山邊杏紫飛 (관악산변행자비)　　　冠岳山: 서울 남쪽의 산

數木垂楊成勝旣 (수목수양성승기)　　　垂楊: 버드나무의 일종

繁花漸益似霜離 (번화점익사상리)

行人莫上長堤望 (행인막상장제망)

鳥亦隨風雪嶽廻 (조역수풍설악회)　　　雪嶽: 강원 설악산

世事牛毛天已變 (세사우모천이변)　　　牛毛: 수많은

千年困難養髥馳 (천년곤난양염치)　　　髥: 구레나룻

비 오는데 봄바람 간간이 불어오고
관악산 기슭 자줏빛 살구꽃 날린다.
몇 그루 수양버들 봄을 만끽하고
무성한 꽃도 마치 서리처럼 지네

행인 없는 긴 둔덕에서 바라보니
새들도 바람 따라 설악으로 향하네!
쇠털 같은 세상사 날마다 변모하며
천년 곤궁 구레나룻 수염만 키우네.

87. 古稀 (고희) 23

今年歲數古稀期 (금년세수고희기)　古稀: 70세, 歲數: 나이

夢裏靑春恨事馳 (몽리청춘한사치)

配景依然同舊貌 (배경의연동구모)　依然: 있는 그대로

該當怨恨無人知 (해당원한무인지)

春來二數茅房現 (춘래이수모방현)　茅房: 초가집(오막살이 집)

客恨凉風挂不稀 (객한량풍괘불희)　不稀: 적지 않다

世上空留飛白鬢 (세상공류비백빈)

仰天大笑複剛支 (앙천대소복강지)

금년 내 나이 70세 되고 보니
꿈속 같은 청춘기 한스런 일 떠오르네.
주변의 상황은 의연함 그대로인데
애끓은 마음 알아주는 이 없네.

오막살이 초가에도 봄은 오는데,
서늘한 바람에 손의 시름이 그지없네.
세상사 허무하게 흰 귀밑털만 날리니
하늘 보고 웃고 또다시 크게 웃네

88. 落望 (락망) 28

先知歷史首空回 (선지역사수공회)

特秀非多志士丕 (특수비다지사비)　志士: 의로운 지도자

境內浮名章忘跡 (경내부명장망적)

孤峯漠漠雨雲飛 (고봉막막우운비)

何言七十堂堂臉 (하언칠십당당검)

墨守前程路赤泥 (묵수전정로적니)　赤泥: 고난

喚起多年塵土夢 (환기다년진토몽)　塵土夢: 고난 환기

蒼空籠處臥回歸 (창공롱처와회귀)　籠處: 바구니(안락함)

고개 돌려 선지자 기웃기웃 돌아보니
특별히 모실 지사 많지 않은 것 같군
뜬구름 같은 이름 자취도 없이 사라졌고
외로운 봉우리에 비구름만 날리는구나.

어찌 70세의 노인을 당당한 얼굴이라 하니
앞길에 고난을 묵묵히 인내 해야겠구려
오랫동안 꿈결 같은 고난 환기하면서
창공에 돌아가서 편히 눕고 싶구려

89. 偶吟 (우음) 44

嶺到來及草茂垂 (령도래급초무수)

春光滿目客知收 (춘광만목객지수) 知收: 느껴지네

懷人獨自觀初月 (회인독자관초월) 初月: 초승달

舊苑烟生半月追 (구원연생반월추) 半月追: 반달이 따라오다

客恨孤身千里遠 (객한고신천리원)

東風不解患人投 (동풍불해환인투) 東風: 봄바람

年來世事難如意 (년래세사난여의)

老去交親更有誰 (노거교친갱유수)

언덕에 오르니 초목 푸르러 우거지고
객의 눈에 봄볕이 넘치는 것을 느끼네
임 그려 홀로 조용히 초승달 바라보니
연기 이는 옛 동산 위로 반달이 따라오네.

손의 고향 천 리 바라보니 서글프고
봄바람은 사람의 끓은 시름 모르고 불어대네.
연래 세상사 손의 뜻과는 다르게 흐르고
늙어 가니 누가 있어 다시 친해지리?

90. 懷人 (회인) 46

半夜空堂燭影斜 (반야공당촉영사)　　半夜: 한밤 중

卽聞壁外雨聲播 (즉문벽외우성파)　　卽聞: 갑자기 들리다

桃花落盡離京驛 (도화락진리경역)　　京驛: 서울 역

此到關頭始杏花 (차도관두시행화)

看見天涯常每日 (간견천애상매일)　　天涯: 하늘 가

橫岡阜此望遮霞 (횡강부차망차하)　　遮霞: 놀을 막다

秋霜已滿予頭蓄 (추상이만여두축)　　頭蓄: 머리에 쌓이다

作者微難表現思 (작자미난표현사)

한밤중 빈방에 촛불 비스듬이 비출때
갑자기 담 밖에 비 오는 소리 들린다.
서울역 떠날 때 도화 거의 지고 있는데
이곳에 와보니 살구 겨우 피는구나.

매일 같이 하늘가 바라보니
가로막힌 능선이 놀을 못 보게 하네
나의 머리엔 이미 가을서리가 머리에 쌓이니
어떤 작가도 생각을 표현키 조금 어려울걸!

91. 虛生 (허생) 57

車輪一月漸時瑛 (거륜일월점시영)　一月: 하나의 달

世上熙悲幾更傾 (세상희비기갱경)　更傾: 다시 기울다

比好靑春知相信 (비호청춘지상신)

交仁幼少有更情 (교인유소유경정)　幼少:어릴 때

悠悠世事毋須問 (유유세사무수문)

老去悲秋感我情 (로거비추감아정)

漫有浮生空盡恨 (만유부생공진한)

南山笑指曉星經 (남산소지효성경)　指曉星: 효성 기리키며

바퀴 같은 둥근 달 점점 밝아오는데
세상의 희비 언제 끝을 보게 되나,
청년 시절 서로 좋아 깊이 사귄 청춘들!
어린 시절 인으로 사귄 우정에 어찌 변함이 있으리?

오랜 세상일 모름지기 묻지 마소?
늙어 갈수록 가을 시름 더 느껴지네
헛된 인생 언제 시름 벗어날 수 있을까?
남산에서 효성 가리키며 웃음 보내네.

92. 自責 (자책) 19

阜早山烟望戶微 (부조산연망호미)　　戶微: 문을 조금 열다

思懷嶽月閉窓遲 (사회악월폐창지)

平生志願迷磋失 (평생지원미차실)　　磋失: 잃어버리다

白髮紛絲散過飛 (백발분사산과비)

萬病持關身己老 (만병지관신기노)

漸無畢業補淸時 (점무필업보청시)　　淸時: 태평시대

幽居不事稀人認 (류거불사희인인)

穉子遊携看小池 (치자유휴간소지)　　遊携: 데리고 놀다

이른 아침 문 조금 열고 산안개 바라보고
산 위의 달 보고파 창을 늦게 닫지요.
평생 뜻 펼칠 기회를 잃어버리고
지금은 흰 머리카락만 날리지요

많은 병에 몸은 이미 늙었고
청평 시대 한 일 없어 부끄럽군요.
일 없이 조용히 살아가니 아는 이도 적어
어린아이 데리고 작은 연못가에서 놀지요.

93 客愁 (객수) 26

客恨方知萬事難 (객한방지만사난)

光陰滾滾束加艱 (광음곤곤속가간)　　光陰: 세월

靑年技藝才無敵 (청년기예재무적)

血氣何究駐盛顔 (혈기하구주성안)

懶脚行伸尋蔓草 (나각행신심만초)　　蔓草: 넝쿨 풀밭

登徐緩吟詠弛山 (등서완음영이산)　　吟詠: 시를 읊다

蕭條客恨無他識 (소조객한무타식)　　蕭條: 쓸쓸히

幾百煩悶不勝艱 (기백번민불승간)

나그네 만사에 어려움을 이제 알았고
흐르는 세월 매어 둘 수 없네
청년 시절 재주 당할 자 없었는데
어찌 청춘의 혈기를 멈출 수 있으랴?

넝쿨 풀밭 찾아 천천히 거닐어도 봤고
산에 오르며 나직이 시도 읊어 봤소
쓸쓸한 객의 시름 누가 알아주랴?
많은 번뇌의 서글픔을 이길 수 없구려.

94. 省悟 (성오) 30

窓扉曉起手前推 (창비효기수전추)

世事多端往寒邱 (세사다단왕한구)

爽快炎天風似九 (상쾌염천풍사구)　似九: 9월과 같은

無情老樹自風求 (무정노수자풍구)

晨光昭隙毛毛雨 (신광소극모모우)　毛毛雨: 가랑비

歲月孤身對對付 (세월고신대대부)　對對付: 그럭저럭 살다

只問陰間風網漠 (지문음간풍망막)　陰間: 저승, 명토

灰心寂寞了翻搜 (회심적막료번수)　翻搜: 뒤짚어 찾다

새벽에 일어나 창문 여니
세사 어수선한데 추위는 언덕 넘어갔네.
무더위에도 9월 같은 상쾌한 바람 불고
정이 없는 고목만 서글픈 바람 일으키네.

새벽빛이 가랑비 사이로 비추고
손의 긴 세월 그럭저럭 살았소
잠시 묻노니 저세상 얼마나 아득한지?
적막한 이네 심사 뒤집어 찾아보네.

95. 除夜 (제야) 34

暮色迷茫蔽復枝 (모색미망폐부지)

天邊臥看片雲飛 (천변와간편운비)

風聞白雪紛飛到 (풍문백설분비도)　風聞: 소문

近歲幽居面來微 (근세유거면래미)　來微: 오는 이 적다

不認今年參百日 (불인금년삼백일)　不認: 알지 못하다

香風雨幾喜多悲 (향풍우기희다비)　喜多悲: 울고 웃고

羊腸欲斷心虛境 (양장욕단심허경)

淡淡長空暗墨迷 (담담장공암묵미)　暗墨迷: 어둠이 짙어지다

석양은 엷어지다 다시 나뭇가지를 가리고
누워 하늘가를 보니 조각구름 날고 있구나.
흰눈 내린다는 소식도 들리는데
조용히 살다 보니 찾는 이도 적구나.

금년 한 해 다 가는 줄도 몰랐는데
비바람에 울고 웃고 몇 번이던가?
애끓은 마음은 허무한 지경인데
희미한 하늘가 어둠만이 짙어 혼미하네

96. 秋景 (추경) 41

江天旣日落深霞 (강천기일락심하)

野草洲邊薄露多 (야초주변박로다)　　洲邊: 강가

只蛬寒凉吟灌木 (지공한량음관목)　　蛬: 귀뚜라미

江鴛波浪落閒暇 (강원파랑락한가)　　落閒暇: 한가롭다

長江萬古滔滔滾 (장강만고도도곤)

舊照先生斷片思 (구조선생단편사)　　斷片思: 단편적 사유

世道羊腸爲斷魄 (세도양장위단백)　　斷魄: 혼(사상)을 끊다

些絲看突掠袈裟 (사사간돌략가사)　　袈裟: 상의 옷

강가에 해는 이미 지고 저녁놀은 짙어지고
잡초 우거진 강가에 많은 이슬 내렸다
오직 서늘해진 관목에서 귀뚜라미 울고
강가의 원앙은 물결 속에 한가롭구나.

긴 강물은 만고에 밤낮으로 흘러가고
옛 스승의 단편적 사유가 훤히 비추네
헝클어진 세상이 도의를 단절시키니
갑자기 실올 몇 개가 옷깃 스치는구나

97. 逢春 (봉춘) 2

春川解冷舊來徐 (춘천해랭구래서)　春川: 강원도 지명

二月垂楊未動居 (이월수양미동거)　垂楊: 수양버들

晚到風吹花似雪 (만도풍취화사설)

當今谷草暗生躇 (당금곡초암생저)　暗生躇: 조용히 머뭇거리다

都城草木紅花落 (도성초목홍화락)

老氣孤余意不抒 (노기고여의불서)　意不抒: 뜻을 못 펴다

好節斜陽無限喜 (호절사양무한희)

生涯是近末年抒 (생애시근말년서)

춘천은 예로부터 봄이 늦게 오는 곳
2월인데 수양버들은 아직 그래로다
늦은 봄바람 불면 눈처럼 꽃잎 날리고
그땐 계곡의 풀도 조용히 머뭇거린다.

도성의 초목에 붉은 꽃이 질 때면
이내 몸은 늙어 만사여의치 못할 것이다.
좋은 계절 석양이 무한히 좋은 것은
생애 황혼기가 펼쳐진다는 것이다.

98. 後悔 (후회) 58

凋傷玉露赤楓飛 (조상옥로적풍비)　　玉露: 찬 이슬

日暮天寒衆鳥離 (일모천한중조리)

夜夜深思中到曉 (야야심사중도효)　　到曉: 새벽까지

當時痛恨有人知 (당시통한유인지)

山川似舊今天變 (산천사구금천변)

可恨傷心白鬢弛 (가한상심백빈이)　　鬢弛: 구레나룻 늘어지다

巨志平生思四海 (거지평생사사해)　　四海: 세계, 온세상

悠悠往事水波移 (유유왕사수파이)

찬 이슬 내려 붉은 단풍 흩날리고
날씨 찬 저녁에 새들도 모두 떠났구나
깊은 밤에서 새벽까지 생각에 잠기고
이때 애끓은 통한 누가 알아주겠는가?

산천은 그대론데 지금은 많이 변했고
흰 구레나룻 늘어지니 마음이 서럽구나.
내 평생 큰 뜻은 사해를 지향했건만
지난 일은 유유히 물결 속으로 흘러갔소

99. 露梁津 (노량진) 20

鷺洞煙霞少雨遮 (노동연하소우차)　鷺洞: 노량진

春風客恨不知多 (춘풍객한부지다)

東山寂寞西窓墨 (동산적막서창묵)

錦畵春須景更佳 (금화춘수경경가)　錦畵: 비단그림

世間憎財且待困 (세문증재차대곤)　憎財: 재물 싫다

猶尊上宰無低加 (유존상재무저가)　尊上宰: 하늘님

人情變臉隨時變 (인정변검수시변)　變臉: 안면 바꾸다

百世浮身不掉拿 (백세부신불도나)　掉拿: 원하는 것

노량진은 가랑비에 놀 사라지고
봄바람은 손의 시름 알아주지 않네.
서창이 컴컴해지니 동산은 적막해지고
비단 그림 드리운 듯 봄빛 더욱 곱다.

세간에 부자 싫고, 가난 좋다 누가 말하리
오히려 하늘의 뜻은 언제나 후박이 없도다
인정은 변검인 양 수시로 변하니
백세 보잘것없는 이내 몸 원할 것 없도다

100. 澗江 (간강) 25

露下天晴亮灑聯 (로하천청량쇄련)　　天晴: 맑은 하늘

疏燈照大宇孤堅 (소등조대우고견)　　大宇: 큰집(국회)

行人莫上長堤望 (행인막상장제망)

晩暮微風月餅連 (만모미풍월병련)　　月餅: 중국의 월병

只念儒林逢混亂 (지념유림봉혼란)　　儒林: 선비

糊塗國會議淒然 (호도국회의처연)　　糊塗: 혼란

淸川皓月禪心照 (청천호월선심조)　　禪心: 고요의 마음

澗浪空皐鳥叫聯 (간랑공고조규련)　　澗浪: 여의도 샛강 물결

이슬은 계속 뿌리는데 하늘은 쾌청하고
희미한 등불은 아련히 큰 집을 비추네.
행인도 둔덕에 올라 바라보지 않는데
늦저녁 잔잔한 바람 속에 월병이 떠오네.

혼란한 시대엔 선비 만남을 생각하거늘
혼돈의 국회가 처량하게 느껴지네.
맑은 내와 흰 달 속에 선심이 있다는데
샛강 빈 언덕엔 새들만 연거푸 울고 있네.

101. 康寧 (강녕) 37

腹部經綸偉聖御 (복부경륜위성어)　　經綸: 성스런 일

疎懪自是見蕪躇 (소용자시견무저)　　見蕪躇: 주저하다

希求里巷前都絶 (희구리항전도절)　　里巷: 항간, 마을

陋巷人間事勿栖 (누항인간사물서)　　勿栖: 완성하지 못했다(깃들지못하다)

大路何爭談蔑視 (대로하쟁담멸시)　　談蔑視: 헐뜯는 말

生憎散路異東西 (생증산로이동서)

同行浪聚群團鶴 (동행랑취군단학)

守分閑忙便利居 (수분한망편리거)　　守分: 분수 지켜

마음에 품은 큰 뜻 펴려 했더니
게으르고 재주 없어 못 이루었네.
속세에서 희구했으나 모두 절망했고
마을의 사람들을 헐뜯어 무엇하리오?

큰 길에서 어찌 멸시의 논쟁을 하며
이리 저리 흩어진 것을 증오하리오?
물결처럼 함께하며 학처럼 모여도 봤다.
이젠 분수 지켜 한가하게 편안히 살고 싶다네.

Epilogue

太初 詩歌 文學은 詩(韻文)문학과 歌辭(시와 散文 중간)으로 볼 수 있다. 文學에서 詩와 散文의 差異点으로 詩는 韻文, 歌詞는 散文에 가까운 글이라 稱하고 있다. 그러다면 시가 音樂(咏言)은 시노래라 칭할 수 있는데 곧 詩歌는 音을 길게 즐기면서 하는 말이라 稱할 수 있다. 書經에서는 "詩言志 歌永言"이라 칭하고 있다. 즉, 시는 뜻을 표현하는 것이며, 말로써 나타낸 것은 반드시 길고 짧은 절이 있는 것이므로 노래는 이 말을 길게 늘인 것이라는 뜻이다. 詩經에서는 "詩者志之所之也, 在心爲志 發言爲詩" 즉, 시는 마음속에 느끼며 潛在한 생각을 말로써 發露시킨 것이다. 세월이 지나 詩가 音樂과 분리되기 전에는 노래로 불리던 것이라 볼 수 있다.

이러한 詩는 中國 文學의 主流로 北方문학 詩經과 南方문학 楚辭에서 시작되었다. 이 흐름은 唐朝에 詩의 黃金期가 되었다.

詩經은 周初에서 春秋戰國時代 黃河流域에서 모은 4言詩가 基調가 되었다. 이 4言詩가 발전하면서 漢朝 때 樂歌로써 樂府의 발전 계기를 맞게 되었다. 한편 "楚辭"는 戰國時代 이후 揚子江 유역에서 楚國의 6言詩를 기초로 秦末부터 漢初에 걸쳐 발전하였다. 이러한 楚辭는 후에 웅대한 작품이 많이 지어졌다. 그 후 5言古詩의 생성에 많은 영향을 주었다.

1. 古體詩의 발달

中國의 詩는 원래 無形的이었다. 따라서 古體詩는 漢代에서 隨代까지의 詩體를 말한다. 후에 5言詩 이어서 7言詩의 定型詩가 이루어졌다. 唐代에 들어오면서 詩句의 平仄法, 押韻法 등 여러 가지가 엄격하여졌다.

唐의 中, 末期에서 새로운 樂府詩가 등장하기 전까지 古樂府, 詞, 曲을 통칭한 것으로 音樂歌詞形態를 이루다 3國時代 이후 音樂性이 사라지면서 吟味함에 그치는 시로 秦代, 隨代에 樂府詩의 範疇를 벗어나 7言詩를 지어 결국 7言古體詩의 성립을 보게 되었다.

이와 같이 古體詩는 5言, 7言古體詩로 대별 되며 長短이 자유로워서 解,段이라고도 하였다.

2. 今體詩 (近體詩)

1). 絶句詩

今體詩는 唐代에 완전하게 정착되었다. 南北朝時代 後期에 絶句詩形과 같은 4句詩, 律詩形과 같은 8句의 詩가 今體詩의 先驅가 되었다. 이후 5言絶句詩는 三國時代 魏의 樂府(諧謔的, 相思의 情)에서 발현하여 唐代에 확립되었다고 한다.
今體詩는 일정한 句法을 준수해야 하며 詩意는 起承轉結의 法에 맞아야 하며, 모든 韻律法을 지켜야 한다. 絶句詩는 5言絶句詩, 7言絶句詩로 발전하게 되었다

盛唐時代의 대표적인 詩人으로 李白은 술을 좋아하며 浪漫主義的인 성격으로 唐代의 氣象을 마음껏 詩로 표현한 詩人으로 詩仙으로 稱하고 있다.

한편 그와는 對蹠的 입장에서 現實에 집중하면서 눈물과 한숨 속에서 살아가는 民衆의 삶을 깊은 靈魂의 울림으로 表現한 杜甫는 詩聖으로 추앙받고 있으며, 그 외 白居易, 韓愈, 등의 많은 시인들을 배출했다.

2). 律詩

絶句詩의 倍가 되는 詩로 5言律詩, 7言律詩가 있다.
南北朝時代에 유행되었던 8句體詩에 엄격한 平仄法과 押韻法이 加해진 것으로 曹操, 曹丕, 曹植의 3父子에 의해 시작되어 唐初(7c)에 完成, 東晉의 陶淵明에 의해 定着한 것으로 알려져 있다.

7言律詩는 6c초 齊陽의 沈約이 시작하여 예술적으로 8c중 杜甫에 의해 完成한 것으로 알려져 있다.

構成方法은 절구시와 같이 起承轉結법으로 短句를 單位로 삼지 않고 2句1聯으로 하여 起(首)聯, 頷聯, 頸聯, 結(尾)聯이라 한다

3). 排律詩(長律,長律詩)

律詩體를 延長시킨 體裁로 5言과 7言이 있다. 5言排律로 12배율의 시

를 주로 지었으며, 100구 이상도 지었다. 5言排律은 唐代에 隆盛, 주로 官家에서 作詩하였다. 唐代의 과거시험 進士科에 5言排律詩를 짓도록 課했다. 延長體이므로 押韻과 平仄은 律詩를 준용했다, 7언 排律은 거의 짓지 않았다고 한다.

※ 4聲의 特徵 및 押韻

1) 4聲의 特徵

①平聲: 짧고 편안한 소리로 높낮이 없음   (平道莫底昂)
　　　 상평성: 높은 소리로 끝까지 이어짐
　　　 하평성: 처음에 중간소리가 끝이 높아짐
②上聲: 처음이 낮고 뒤로 가면서 높아짐
　　　 높고 맹렬하고 강한 소리   (高呼猛烈强)
③去聲: 처음이 높고 뒤로 가면서 낮아짐
　　　 분명하고 애처롭고 긴 소리   (分明哀道遠)
④入聲: 짧고 촉박하고 거두는 소리   (短促急收藏)
　　　 받침이 ㄱ,ㄷ,ㅂ 인 경우가 많다

2) 平仄音의 分別
①平音: 짧고 편안한 소리. 받침이 ㄴ,ㅁ,ㅇ 인 경우가 많다
②仄音: 길고 높은 소리.   받침이 ㄱ,ㄹ,ㅂ 인 경우가 많다

3) 押韻(脚韻)

　　말소리는 音과 韻으로 형성되는데
　　韻이란 母音(中聲)과 받침(終聲) 부분을 칭한다.
　　押韻 된 字는 平聲字로 "韻字"라고 하며
　　"廉을 본다(맞춘다)"라고 말한다

※今體詩의 平仄法

1. 絶句詩

가. 5言絶句

-平起式(偏格)
起:○○××◎(선택:○○○××)　承:×××○◎
轉:××○○×　結:○○××◎

-仄起式(正格)
起: ×××○◎(선택:××○○×)　承:○○××◎
轉:○○○××　結:×××○◎

나. 7言絶句

-平起式(正格)
起:○○×××○◎　承:××○○××◎
轉:××○○○××　結:○○×××○◎

-仄起式(偏格)
起:××○○××◎　承:○○×××○◎
轉:○○××○○×　結:××○○××◎

2. 律詩

가. 5言律詩

-平起式

起:○○××◎ ×××○◎   **頷**:××○○× ○○××◎

頸:○○○×× ×××○◎   **結**:××○○× ○○××◎

-仄起式

起:×××○◎ ○○××◎   **頷**:○○○×× ×××○◎

頸:××○○× ○○××◎   **結**:○○○×× ×××○○

나. 7言律詩

-平起式

起:○○×××○◎ ××○○××◎

頷:××○○○×× ○○×××○○

頸:○○××○○× ××○○××◎

結:××○○○×× ○○×××○◎

-仄起式

起:××○○××◎ ○○×××○◎

頷:○○××○○× ××○○××◎

頸:××○○○×× ○○×××○◎

結:○○××○○× ××○○××◎

※; ○- 平聲,   ×- 仄聲,   ◎- 押韻.

裸木의 悲歌

초판 발행 2025년 1월 5일
지은이   이명준
펴낸이   김복환
펴낸곳   도서출판 지식나무
등록번호 제301-2014-078호
주소 서울시 중구 수표로12길 24
전화 02-2264-2305(010-6732-6006)
팩스 02-2267-2833
이메일 booksesang@hanmail.net

ISBN 979-11-87170-83-9
값 25,000원